27

L n 17053.

LE R. P.

XAVIER DE RAVIGNAN

PAR

FRANÇOIS DE BRAY

PARIS

DE SOYE ET BOUCHET, IMPRIMEURS
2, PLACE DU PANTHÉON

1858

LE R. P. XAVIER DE RAVIGNAN

Portio mea, Domine, dixi, custodire legem tuam.

(Psaume 118.)

La France catholique vient de faire une perte immense.

En présence de cette mort déplorable et prématurée, tous les orgueils et toutes les vanités de la terre se sont humiliés : les fronts se sont courbés devant le bras de Dieu qui frappait, et du cœur du riche comme du pauvre, du vieillard comme de l'enfant, est montée vers le Ciel une prière, une prière pour celui qui n'est plus, et une autre pour tous les orphelins de l'Eglise que sa parole évangélisait, et que sa vie et sa mémoire devront maintenant guider.

Au jour de sa mort, dans cette ville immense, où l'intérêt est le plus puissant mobile des actions des hommes, un grand spectacle a été donné au monde !

Oubliant tout, pour venir prier aux pieds du lit mortuaire, tous se sont agenouillés devant le corps du maître qu'ils vénéraient ; tous sont venus chercher sur son visage aimé le signe du céleste bonheur qu'il promettait.

Quel est donc cet homme dont toute une ville prend le deuil ? quel est ce puissant, ce ministre, ce guerrier, que le peuple des riches et des pauvres conduit à sa dernière demeure ? Ce n'est ni un grand, ni un ministre, ni un guerrier : c'est un simple prêtre, un humble Jésuite, mais c'est un grand prédicateur, c'est Ravignan ! . . . .

Oh ! oui, je comprends le deuil qui a rempli tous les cœurs quand la funèbre nouvelle a retenti ; je comprends cette profonde tristesse. Le Père de Ravignan est mort, et les âmes qu'il a guéries, se repliant sur elles-mêmes, se reportent aux temps fameux où l'Eglise retentissait des triomphes de ce saint homme.

Et cette unanimité de regrets suffit pour montrer la grandeur de M. de Ravignan.

Un illustre prédicateur (1), le seul peut-être, aujourd'hui que les autres sont de vénérables évêques ou d'humbles religieux, disait il y a quelques années, dans un sermon resté fameux : Que faut-il pour être un homme ? et il énumérait les qualités nécessaires.

Ces qualités, je les retrouve dans M. de Ravignan, et m'appuyant sur le témoignage de ce prédicateur lui-même, et sur le langage de toute l'Eglise, j'appliquerai au Père de Ravignan cette belle parole dont le sens est biblique, parce qu'il cache des mystères d'organisation que le vulgaire ne peut comprendre : Il fut un homme ! il fut un homme !

Cette vérité ressort de la vie tout entière de l'illustre Prédicateur, et sans vouloir faire ici la biographie de M. de

____

(1) Le Père Lacordaire.

Ravignan, il est nécessaire de dire quelques mots de son histoire.

Xavier Delacroix de Ravignan naquit à Bayonne, le 1er décembre 1795. Grande était alors la tourmente révolutionnaire; grandes étaient les angoisses de notre Eglise! Ce fut au milieu de ces terreurs qu'une de ses gloires les plus pures reçut le jour.

Il eut le bonheur d'avoir une mère chrétienne; et cette mère, avant de lui souhaiter les grandeurs auxquelles sa naissance pouvait lui donner droit, le couvrit d'une égide toute-puissante : elle le fit profondément religieux. C'est du berceau que datent les croyances qui font les vrais chrétiens, les inspirations qui distinguent les âmes d'élite. Les prières de sa mère retombaient sur sa jeune tête en bénédictions célestes.

Il n'y a pas au monde de plus beau tableau que la toile qui représente la Sainte Vierge et l'Enfant-Jésus. La Vierge l'instruit et lui parle de Dieu : il écoute; il se comprend; sa grandeur s'abaisse jusqu'à l'enfance ; il en a l'instinct, la pénétration, et il croît en sagesse. Ce tableau, c'est l'enfance de M. de Ravignan; cette Vierge, c'est la mère chrétienne, ce sont les nôtres.

Élevé au collége Stanislas, il se trouve avec ceux qui vont être plus tard ses auditeurs; il les étonne par sa piété, avant de les convaincre par son exemple.

Sorti du collége, il fait son droit.

Sa jeunesse studieuse est à l'abri des passions. Il prie, voilà son talisman.

Admis au stage, il s'occupe surtout de procédure. Il est inscrit comme avocat; il plaide et ses plaidoyers lui font une jeune et méritée réputation.

A vingt-trois ans, il est nommé conseiller-auditeur à la Cour royale. Un avancement aussi rapide dénotait une forte organisation, une belle intelligence. C'était aussi la preuve des sympathies que, toute sa vie, il a su mériter. Reçu dans le plus grand monde, il s'instruit auprès des hommes les plus illustres. Son esprit est admiré; il recueille des éloges de toute part, et sa modestie s'en accroît.

Mais plus il avance en âge, plus ses pensées se mûrissent; son cœur s'échauffe ; son âme s'élève, et il prie toujours !

Bientôt on remarque que l'Évangile remplace souvent le Code entre ses mains; sa pensée revêt une forme biblique ; ses méditations sont plus profondes.

Il le dit lui-même; il sent quelque chose qui l'appelle à Dieu : c'est le cœur. Mais ce n'est pas une conversion, car toute sa jeunesse, il fut chrétien : c'est une perfection, c'est l'âme qui s'épure ; et avant d'instruire les autres, il s'instruit lui-même.

Le 2 août 1821, une ordonnance du roi Louis XVIII le nomme substitut près le tribunal de la Seine.

En présence de ses nouveaux devoirs, sa tâche devient plus difficile, et les pensées religieuses qui le travaillent se font jour avec une nouvelle violence.

Il se dégoûte des turpitudes que le scalpel du juge découvre dans l'humanité : le médecin soigne le corps, le juge la société, le prêtre l'âme. Il est amené à ces pensées, et s'y abandonne. Sa résolution est prise : il sera prêtre; il quittera le monde pour se consacrer à Dieu; il abandonnera le service de l'esclave pour se donner tout entier à celui du maître. Qui aurait osé le blâmer d'une telle résolution ?

Ravignan entre à Saint-Sulpice : l'ombre des premiers Sulpiciens l'accueille sur le seuil. Aussitôt que ce parti fut connu, ses amis d'enfance, de jeunes collègues que sa réputation encourageait, des magistrats illustres désireux de le conserver auprès d'eux, essayèrent de le faire revenir sur cette austère résolution. Ravignan reste inébranlable. La

curiosité publique le suit dans sa retraite ; mais c'est en vain :
il s'enferme et travaille, le voilà à l'œuvre.

La religion, l'histoire, l'antiquité, les hérésies, il lit et
médite tout : saint Thomas, Isaïe, saint Augustin, saint Paul,
la Bible, les Évangiles, voilà ses maîtres et ses amis. Oh !
les livres, les bons et les vrais livres, quels trésors inépuisa-
bles pour l'homme de travail ! et M. de Ravignan, plus que
tout autre, a recueilli le fruit de ses lectures.

Tout en lisant, il annote et prend des extraits. Il en a eu
toute sa vie un nombre prodigieux.

Puis il séjourne à Issy, et Mgr Frayssinous, Évêque d'Her-
mopolis, son ami, son guide, lui donne la tonsure et les or-
dres mineurs.

L'Eglise de Paris pouvait espérer qu'elle conserverait dans
son sein le jeune prêtre dont la renommée était déjà si
grande, mais M. de Ravignan crut qu'il devait se détacher
entièrement du monde pour se consacrer à l'œuvre si impor-
tante de son salut. Il apporta dans sa résolution un égoïsme
tout chrétien ; ce fut à lui qu'il songea d'abord, et convaincu
qu'il fallait pour atteindre le but si désirable qu'il se propo-
sait, se renfermer dans une retraite sévère, il entra à la mai-
son professe des Jésuites, à Montrouge. Il ne pouvait
choisir un ordre plus recommandable.

Les Jésuites, en effet, n'est-ce pas l'ordre religieux par
excellence ? N'est-il pas admirable de les voir, sans grandeurs et sans félicités mondaines, sans même en désirer au-
cune, se conformer tous et avec la même persévérance à la
doctrine de leur illustre fondateur, et oublier que les cir-
constances les ont faits souvent un parti politique, pour être,
dans un siècle où toutes les intelligences se tournent vers
cette même politique, au premier rang du parti catholique,
de ce parti qui enseigne et qui croit, qui prie et qui prêche,
qui donne la foi et la ranime, et qui surtout fait les hommes ?

M. de Ravignan ne se démentit jamais ; peu de temps après son entrée à Montrouge, il fut élu admoniteur.

Prenant sur son sommeil pour augmenter ses trésors d'érudition, il déployait un zèle et une patience dont rien n'approche. Il faut la foi et la persévérance pour approfondir pendant une vie entière la religion dans ses mystères ; c'est cette foi, c'est cette persévérance, qui, après en avoir fait un des plus grands prédicateurs, rendront sa mémoire éternelle aux yeux de la postérité.

Mais Dieu avait d'autres desseins.

Sa science, son esprit, son talent comme orateur et ses succès à la Cour royale, l'avaient désigné depuis longtemps à l'attention du grand évêque qui gouvernait alors l'Eglise de Paris.

M. de Ravignan ayant prêché avec succès le Carême à la cathédrale d'Amiens, Mgr de Quélen pensa à lui pour prêcher à Notre Dame les conférences de 1837.

Ouvertes par le P. Lacordaire, ces conférences avaient un but élevé ; elles s'adressaient aux hommes du monde, aux jeunes gens des écoles, aux intelligences vives et studieuses, et leur parlaient de la religion comme d'une science ; et il y avait foule autour de la chaire pour entendre l'immortelle vérité !

Mais le P. Lacordaire ne prêchait plus : il fallait trouver un homme assez grand pour attirer la même foule, assez puissant pour faire naître les mêmes sentiments d'enthousiasme, assez fort pour soutenir devant les incrédules le langage de la foi, pour défendre avec la même autorité les libertés de l'Eglise, et pour verser dans les âmes, avec la persuasion, les trésors d'une érudition que son but rendait sainte.

M. de Ravignan fut cet homme.

Il eut les mêmes auditeurs, les mêmes sympathies, les mêmes ennemis ; car le voltairianisme venait apprécier la force de ses arguments comme s'il eût pu les combattre ; et tout d'abord, il se plaça au premier rang, sans faire oublier cependant l'éloquente parole de son prédécesseur.

Et n'est-il pas admirable dans ce siècle si perfide et si trompeur, quand les intelligences les plus jeunes, celles dont l'âge devrait garantir la pureté, sont souillées par le contact impie de la corruption, de voir l'esprit du mal accourir dans une église pour entendre un homme qui vient parler des relations du monde et de Dieu ? Et ces hommes, que le matérialisme éloigne de l'autel, se sentent émus : leurs préventions tombent devant une paraphrase d'un texte saint ; la vérité les éclaire ; un horizon nouveau s'ouvre devant eux ; et ces prodiges, ces miracles, c'est la voix d'un humble Religieux qui les produit ! Que de présages heureux n'en tire-t-on pas pour l'avenir ? Quelles espérances ne peut-on pas fonder sur une génération si désireuse de croire ? A quelles grandeurs divines sont-ils donc réservés ces hommes que Dieu anime, et auxquels il donne un si beau langage pour nous parler du ciel ?

M. de Ravignan ouvrit les conférences de Notre-Dame le 12 février 1837.

Il y parla de la société moderne, des éléments favorables qu'elle présente au catholicisme et des éléments contraires qu'elle renferme.

Ce fut un triomphe. Mgr de Quélen assistait à cette première conférence et il vit toutes ses espérances dépassées.

Encouragé par un tel début, le P. de Ravignan apporta dans les autres conférences la même inspiration sainte. Plus il avançait dans sa mission, plus sa pensée s'élevait, plus son éloquence devenait saisissante.

Les auditeurs augmentaient chaque dimanche. Mgr de

Quélen, Châteaubriand, Molé, Berryer, étaient des premiers; derrière eux, de grands hommes d'Etat, de vieux guerriers, des professeurs illustres, des philosophes incrédules, de jeunes intelligences sceptiques étaient autour de la chaire, l'écoutant, le comprenant, et, peu à peu, croyant à une religion que sa parole rendait persuasive; après ces hommes tous bien connus, la France entière !

Et avec quelle émotion cette France catholique recevait-elle le langage sacré ! Qui ne se rappelle aujourd'hui le saisissement religieux de l'auditoire à ces pensées élevées de M. de Ravignan ?

Il parle de l'Eglise et de la vérité, et il dit :

« Visiblement destinée de Dieu à l'exécution de ses grands
« desseins sur son Eglise, la domination romaine était le de-
« gré préparé d'en haut pour asseoir le catholicisme et pré-
« parer sa place ici-bas.

« Tous les grands empires sont tombés les uns sur les
« autres. Un seul reste.

« La terre est dans l'attente d'un événement extraordi-
« naire. Auguste est seul maître de Rome; il a fermé le
« temple de Janus. L'univers vit en paix sous sa puissance.

« Jésus-Christ vient au monde !

« Alors se présente à nous l'événement le plus étrange, le
« plus universel, le plus grand de toutes les annales du genre
« humain, la révolution la plus étonnante et la plus entière
« qui se soit opérée dans l'intelligence humaine, l'établisse-
« ment du christianisme ! »

Et quand, le 12 mars suivant, il fait l'histoire du panthéisme, il dit ces magnifiques paroles :

« L'homme, sa vie, son essence, son corps, tous les
« hommes, tous les êtres, le monde entier, si l'on en croit
« ces philosophes, c'est Dieu.

« Dieu est un ; Dieu est tout ; tout est Dieu.

« Pour les uns, c'est le moi ; pour les autres, c'est le

« grand tout ; pour ceux-ci, la matière ; pour ceux-là, l'es-
« prit. »

« Adieu raison, foi, morale, liberté, individualité humaine,
« évidence ! Il n'y a plus que leur Dieu, un Dieu chaos, un
« Dieu tout, un affreux dédale, une abominable et profonde
« nuit, un horrible rêve où toutes les passions et toutes les
« illusions se livrent le combat du délire.

« Voilà le panthéisme.

« Eh bien, rêvez encore...... . Nous, Messieurs, nous
« croyons ! »

. . . .

. . . .

Les paroles sont insuffisantes pour rendre l'effet d'un tel
discours.

1838 et 1839 virent la même affluence, et les voûtes de la
vieille Basilique retentirent des mêmes accents.

C'était encore la même foi, la même éloquence, la même
persuasive parole ; et Mgr de Quélen, toujours assidu, ne
croyait pas élever trop haut M. de Ravignan en le com-
parant à Bossuet.

Mais le 31 décembre 1839, l'église de Paris perdit son
illustre chef : Mgr de Quélen mourut. Grand fut le deuil du
diocèse : la perte était immense, et il suffit, à près de vingt
années de cet événement douloureux, de rappeler le souvenir
de l'auguste pontife pour voir aussitôt toutes les lèvres s'ou-
vrir et laisser passer les éloges que mérite la vie d'un aussi
digne serviteur de Dieu.

M. de Ravignan fut chargé de l'oraison funèbre de Mgr de
Quélen, et le grand caractère du prélat parut revivre sous
sa plume. Il le montra tel qu'il était : charitable pour les
pauvres, fidèle à l'adversité, clément pour ses ennemis,
pieux et religieux comme un solitaire des temps passés,

ferme et inébranlable comme l'histoire nous représente Harlay et Molé aux temps des troubles.

D'un mot, M. de Ravignan pouvait, en rappelant des faits à jamais exécrables, faire de la chaire sainte la tribune d'un accusateur, mais il se tut. Il avait montré Mgr de Quélen pardonnant à ses ennemis : de l'oraison funèbre de l'archevêque de Paris, ce pardon tomba une seconde fois sur la tête de ses persécuteurs et les accabla ; mais ce fut tout. Les souffrances du saint évêque avaient prié pour eux !

Jusqu'en 1846, M. de Ravignan prêche et convertit ; c'est sa mission, il l'accomplira tout entière.

Mais bientôt sa santé s'altère, ses souffrances augmentent, il est cruellement atteint.

D'un courage admirable, il supporte tout.

En 1854, son état devient de plus en plus grave : les médecins regardent sa maladie comme mortelle, et aussitôt la foule encombre les églises et assiége la retraite de l'humble prédicateur.

Une sainte Religieuse, l'ange gardien du faubourg Saint-Marceau, la sœur Rosalie, apprend l'état désespéré de M. de Ravignan. Elle s'agenouille et prie.

On lui demande ce qu'elle a fait : « Je viens, dit-elle, de « prier Dieu de prendre ma vie en échange de celle du P. de « Ravignan. Il a fait tant de bien et il en fera tant encore, « que je dois à la charité de m'offrir au Seigneur à sa place. »

Mais le sacrifice ne fut pas accepté.

M. de Ravignan alla mieux.

Il put exprimer sa reconnaissance à la sœur Rosalie, et pleurer avec toute la France catholique, lorsque Dieu rappela à lui la sainte Religieuse, qui nous léguait un héritage précieux, protégé par sa mémoire : ses pauvres.

Mais malgré le mieux qui s'était déclaré, M. de Ravignan ne se rétablissait pas.

Cependant en 1857, il put prêcher au Sacré-Cœur, et la foule va l'y retrouver.

En même temps, il écrit.

L'*Ami de la Religion*, ce Moniteur du catholicisme, reçoit de lui des communications et des articles qui attestent que ses pensées et son éloquence comme écrivain répondent à celles du prédicateur.

Dans une lutte célèbre, il se mit du côté où il voyait la foi et la vérité : il fit un admirable article sur un admirable ouvrage écrit par un de nos plus grands évêques ; l'éloquence du prédicateur fut à la hauteur des pensées du pontife, et au jour des funérailles de M. de Ravignan, la reconnaissance du prélat se manifesta par des paroles sorties du cœur et inspirées de Dieu, paroles chrétiennes par excellence comme l'homme auquel elles s'adressaient.

Telles furent les dernières années de M. de Ravignan.
Aujourd'hui tout est fini.

Epuisé par des travaux sans nombre, succombant sous le poids d'un ministère qu'il fit glorieux, le prêtre, le guerrier est mort.

De son cercueil, sa voix paraîtra bien souvent encore s'élever. A tous les progrès de la foi parmi nous, à tous les fruits que produira l'arbre du christianisme, nous reconnaîtrons l'homme qui les a encouragés, l'homme dont la main a jeté la première semence.

Et tout l'auditoire qui se pressait autour de sa chaire, qui attendait sa parole avec l'impatience du chrétien altéré de la science sainte, pourra répéter ce beau texte que M. de

Ravignan mit comme épigraphe à l'Oraison funèbre de Mgr de Quélen :

O mors bonum est tuum judicium !

C'est après la mort, en effet, que se révèle la grandeur de cette perte ; et c'est cette mort qui, après nous avoir anéantis et jetés le front contre terre, nous relève et nous joint les mains pour croire par lui, pour prier avec lui et pour espérer en lui.

Mars 1858.

DE SOYE ET BOUCHET, IMPRIMEURS

2, PLACE DU PANTHÉON.